KB201770

빛이 스미는 인디고블루

빛이 스미는 인디고블루

초판발행일 | 2024년 12월 7일

지은이 | 박계숙
펴낸곳 | 도서출판 황금알
펴낸이 | 金永馥
주간 | 김영탁
편집실장 | 조경숙
표지디자인 | 칼라박스
주소 | 03088 서울시 종로구 이화장2길 29-3, 104호(동숭동)
전화 | 02)2275-9171
팩스 | 02)2275-9172
이메일 | tibet21@hanmail.net
홈페이지 | http://goldegg21.com
출판등록 | 2003년 03월 26일(제300-2003-230호)

값은 뒤표지에 있습니다.
ISBN 979-11-6815-098-0-03810

빛이 스미는 인디고블루

박계숙 시집

황금알

| 시인의 말 |

빛이 반짝이는 것은
어둠의 인내 덕분이다.

빛과 어둠은
이음동의어다.

2024년 늦가을
박계숙

차 례

1부 어둠 속에 무지개

2부 시를 사랑하는 지팡이

3부 감은 눈을 한 번 더 감으면

4부 빛이 스미는 인디고블루

1부

어둠 속에 무지개

너는

너는
꽃 속에 꽃
꽃 피기 전에 꽃
꽃이 오기 전에 꽃
꽃이 있기 이전부터
꽃이었다

이브가 낳은 능소화凌霄花

오뉴월
농익은 뙤약볕 아래
달구어진 한낮의 고요
태양의 딸 내 어미는
무녀의 넋으로 신명이 지펴
붉은 웃음 흘리며 담장을 넘는다
능란한 걸음,
오만한 꽃 넝쿨 사이로
온통 불을 지펴놓고
환상인 듯
서편 하늘에 접신하고 있다

풍등의 비밀

풍등을 하늘로 끌어 올리는 힘은
바람이 아니다
중력을 거스르며 오르고,
또 오르는
놀라운 힘은
풍등을 띄우는 사람의 마음속에 있다

시간과 공간이 뒤틀리고
빛조차 탈출할 수 없는,
어둡고, 깊고, 신비로운 절대공간
블랙홀에 들고 싶은
인간의 욕망이 풍등에 촛불을 밝히고
팔을 들어 경건히 허공으로 풍등을 올려보낸다

그 경계에 영원히 닿을 수 없어
더욱 궁금한
검은 구멍의 흡입력

미라처럼

영원을 살고 싶은 기도가
자꾸만
풍등을 띄운다, 우주 속으로

폼페이의 얼음, 땡 놀이

— 화산재 석고상의 절규

누가 나에게 '땡'해주세요
'얼음'을 녹여주세요
그다음
'Ready～～Action!!'을 외쳐주세요.

하늘에서
검은 눈이 내리고
온 세상이 암흑에 들기 전에
환한 햇살을 바구니 한가득 받아야 해요
뿌연 화산재가 지붕을 뒤덮기 전에
항아리가 넘치도록
맑은 공기를 채워야 해요

베수비오화산이
붉은 피를 토하기 전에
두 눈에 듬뿍
노랗게 웃는 장미 꽃잎을 새겨야 해요
맑은 소리 고운 소리
종달새 노래를 들어야지요

내일의 허무를 채워 줄
백합 향기도 맡아야 하구요

그이에게 달려가
사랑한다 말해야 해요
엄마를 찾아가
두 팔 가득 안아야 해요
아,
뒤뜰에 핀 개망초꽃한테
눈인사도 나누고 올게요
잠시만 기다려 주세요

새봄에, 땅속에서, 불꽃놀이

새봄에는
생명 품은 씨앗들의
폭발음으로
땅이 흔들린다.

아직
속 얼음은 녹지도 않았는데, 벌써
땅속에선
복수초 뿌리가 깜짝 놀라 잠을 깬다.

땅속에서 펼쳐지는
한바탕 불꽃놀이
쇠붙이도 싹을 틔울 듯한
불가사의한 환한 불길

콩깍지 탈출 작전

어른도 아니며
아이도 아닌
불편한 나이, 낭랑 18세

몸은 교실에
마음은 콩밭에
콩밭에 콩나무
콩나무에 매달린 콩꼬투리
꼬투리 속에
콩콩콩콩콩콩 누워있는 콩알들
꼬투리 밖에는 눈부신 세상

꼬투리를
톡✷
튕겨주세요.

시가 그림처럼

시에는 무지개가 뜬다
빨강, 주황, 노랑, 초록, 파랑, 남색, 보라
무지개를 손에 쥐고
꽃과 구름과 지붕과 우리들의 눈동자를 색칠한다

시에선 오방색이 춤을 춘다
파랑,
빨강,
노랑,
하양,
검정
오방색 물감으로 선을 그리고,
면을 넓히고, 질감을 입히며, 모양을 이룬다

오방색 물감의 에너지로
나무와 불과 흙과 쇠와 물이
봄, 여름, 가을, 겨울 동안

나고 자라고 번창하여 어우러지고 부딪치며

동, 서, 남, 북으로 흩어졌다
가운데로 모여든다

시에서는 빛과 그림자가 함께 산다
LED 형광등과 석유 등잔불이 힘을 겨룬다
매우 밝음, 밝음, 어두움, 매우 깜깜함
자신만의 명도로 빛났다가,
다시 시든다
빛과 그림자가 다투다가
느낌과 감정과 분위기가
하늘로 치솟고, 땅으로 풀썩 주저앉는다
때론
행간에 숨어 있던 천둥과 번개가
지진처럼 활자를 뒤흔들어, 시의 세포가
화들짝 놀라게도 만든다

어둠 속에 무지개

밤 12시
학습 종료
학원을 나서는 학생, 학생+학생, 학생+학생+학생, 학생+학생+학생+학생......
학생들,
등 뒤에 어둠을 떨구고 간다.

맨 나중 문을 나선 학생 하나
어둠 한 조각 주워들고,
그 속에 무지개를 바라본다.
(빨강+주황+노랑+초록+파랑+남색+보라)⇒DARKNESS
지상 위의 모든 색채가 어둠 속으로 수렴된다.
사물을 삼킨 어둠은 위대하다

오
∫
래
그리고, 더

오
ʃ
래
발효된 어둠은 사물을 낳은 후에
마침내 빛이 된다.
DARKNESS+(삼라만상)⇒LIGHT
어둠이 휘황하다.

제비꽃, 이른 봄에

어 쿠
이
저것좀 봐!!
지 구 를 들어올린
황 소 같 은 힘
겨우내 참아왔던
몸 뒤트는 열망으로
하 늘 을
떠
받
치
는
안
간
힘
으
로
이 바 제
른 람 비

봄 도 자 꽃

없 주

이 여 흔 색

린 하 들

꽃 르 리

대 르 고

궁 있

다

경계는 없다

코로나19
격리: 2023년 2월 9일 24시까지
해제: 2023년 2월 10일 0시부터
24시와 0시는 이음동의어다

지평선은 하늘이 아니다
지평선은 땅이 아니다
지평선은 하늘이면서 땅이다

너는 벽이 아니다
나도 벽이 아니다
우리 사이에 벽은 어디에도 없다

어제는 오늘의 앞모습이다
내일은 오늘의 뒷모습이다
오늘은 어제의 슬픔과 내일의 기쁨이
함께 세 들어 사는 집이다

수종사水鐘寺 하모니

수종사에는, 물도 있고
종도 있었다

남한강과 북한강이 만나는
두물머리
그 많은 물들이
가파른 산기슭을 굽이굽이 기어올라
맑은 종소리를 울리고
운길산 가득히
물빛 닮은 노래가 흐르고
나뭇잎도 어우러져 춤을 추고 있었다

맷돌, 춤추다

아기 잇몸에서
쌀알 같은 앞니가
발간 살갗을 비집고 안간힘을 쓰면서 올라올 때
엄마의 심장 한 귀퉁이에서
콩닥콩닥
작은 다듬이질 소리가 들렸다

훌쩍 자란 아이 입안에
하얀 아카시아 꽃잎이 가득 피었을 때
엄마의 눈에는
고향집 토방 앞에 놓였던 맷돌이 떠올랐다
육중한 몸매로, 부드러운 춤을
사랑을 담아 우아한 춤을
빙글빙글 둥글둥글
무엇이든 갈아서
음식으로 만드는 도깨비방망이
뭇 생명을 기르는
춤추는 기쁜 맷돌

아이를 먹여 살릴
상아질 맷돌, 하얗게 빛나는

고요의 노래 1

소리 한 점 없는 고요가,
고요가 느리게,
느리게 춤을 시작하자
어둠 속에 밀집한 공기가 흐느적,
흐느적 움직이고
오로라 닮은 공기의 흐름이
빛의 율동으로, 빛의 노래로 번져가고
이윽고
고요의 노래가 세상에 가득
울려 퍼진다

깃털처럼 가벼워진다

동행同行

전라남도 담양군 가사문학면 지곡리 소쇄원瀟灑園
소쇄원 어귀, 양옆으로
나지막이 멋을 낸 나무 울타리
사잇길로
키가 훤칠한 개 한 마리와
꼭 그만한 높이로
허리가 기역자로 굽은, 백발의
할머니가 나란히 걸어간다
몇 발자국 앞서게 된 개는, 잠시 서서
할머니를 기다린다
할머니가 부지런히 걷는다
다시, 개가
앞선다
다시, 기다린다
할머니는 더욱
부지런히 걷는다
둘 사이의 눈빛이 따스하다

인간 이카로스

태어나기 이전부터
가슴에 불을 품은 너는
오래전부터
태양을 동경했었지
뜨거운 여름의 태양이 너를 손짓해 부르고
가슴 속 불은 마침내
폭발할 듯 뜨거워져
하늘에 떠 있는 열기구처럼
부풀어 오르며
비상의 욕망을 멈출 수 없구나

너를 무척 아끼는 자애로운 신은
밀랍의 날개 대신
너의 발아래
장미 사다리 놓아, 마침내
피 흘리는 맨발로, 끝도 없이
하늘에 오르기를 거듭하게 되지

숯불

소고기가 잘 익으려면
불꽃이 죽어야 한다
붉은 날개를 접고
속으로 속으로 숨어야 한다
붉은 혀를 감추고
더 깊이 내려가야 한다

숨죽인 열기가
서서히 타오를 그때를 준비하며
조금씩 조금씩 뜨거워지고
온몸의 세포가 열리고
공기가 화들짝 놀라고
세상이 녹아서 흐물흐물
형태를 잃을 때까지
열정의 발효를 기다려야 한다

밥상 앞에서

나도 너처럼
밥을 맛있게 먹었으면 좋겠다

같은 재료로 만들어
같은 접시에 담아놓은
같은 반찬인데
너는 참으로 먹음직하게 먹는구나
같은 상에서 함께 먹는 내가
미안해질 만큼

너는 입맛의 천재

생로병사
희로애락
삶의 밥상에 놓인
각각의 반찬들

각각의 재료로
각각의 조리 과정에 진지하고

매일의 식사에 충실하고
밥상에 놓인 한 끼에 감사하며
한 끼의 밥과
국과 나물과 밑반찬을
아주 맛나게 음미하며
쌀과 채소와 고추장과 된장과 간장에도
고마워하는 네가
경이롭고
부럽다

바람이 불면

바람이 불면 나뭇잎은
흔들려야 한다
아무리 실핏줄에 힘을 주면서
의젓하려 해도 어쩔 수 없이
바람에 휘둘리게 된다

바람이 불면 꽃잎은
춤을 추게 된다
꽃대궁 속에 감춘
슬픔이 탄로 나지 않도록
과장된 몸짓으로 흔들려야 한다

바람이 불면, 나는
창문을 닫아야 한다
창문 틈으로 한 점 바람조차
들어오지 못하도록
테이프를 단단히 붙여가면서

"너, 참 오버하는 구나"

내가 나를 나무라면서도
작게 작게 웅크려야 한다

머리에 풀 나다
— 의식과 무의식

거리의 모든 사람들 머리 위에 풀이 났어요
표정 없는 풀잎
말이 없는 풀잎
웃지 않는 풀잎
울지 않는 풀잎

천연스런 풀잎의 표정 밑에
길고 질긴 풀뿌리가 자라고 있어요
머릿속을 헤집고 다니는 무성한 풀뿌리들
서로 스크럼을 짜고 함성을 지르는
굵은 뿌리, 가는 뿌리, 꿈틀대는 풀뿌리들
할 말 많아 목소리가 큰 풀뿌리들
힘이 센 풀뿌리들
보이지 않게 숨어서
일을 벌이는 무서운 풀뿌리들
머릿속을 뒤흔드는 억센 풀뿌리들, 마침내
당황하고 혼란스런
온몸의 신경세포들

2부

시를 사랑하는 지팡이

사춘기

저기
꽃대궁이
불끈
힘을 주고 있다

잔뜩 웅크린 꽃봉오리
오호!!!
Big Bang을 꿈꾸고 있다

는개

이른 봄날 아침
동학사 입구를 오를 때
는개가 소리 없이 내리고
오래된 나무들이 팔다리를 모두 내놓고
비를 맞고 있었다
는개가 만들어낸 작은 물방울들이
필사적으로 가지 끝에 매달리고
앙상한 나뭇가지는
있는 힘껏 물방울을 움켜쥐고 있었다
알을 품은 암탉 같은 끈기가
물방울 주변에
환한 아우라를 그려내고 있었다

우리가 사는

모두의 집은, 땅속에
깊숙이 뿌리내리고 있다, 버티기 위해

땅의 진동에 넘어지지 않기 위해
거센 바람에 쓰러지지 않기 위해
불길에 맞서 타버리지 않기 위해

그리고
어둠 속에서도 빛을 잃지 않기 위해
주렁주렁
환한 등불을 매달고 서 있는
늦가을 감나무처럼

삶을 매우 쳐라

인생 등반길에서
눈앞에 뵈는 게 없고
팔다리에 힘이 풀리며
온몸의 피가 모두 증발한 듯
미라처럼 느껴졌을 때
타자가 방망이로 공을 치듯, 죽을힘을 다해
삶의 엉덩이를 힘껏 걷어차라
전장에서 군사가 말 옆구리를 차면서 내달듯이

탈진한 삶이 자꾸만 주저앉으니
세월이 끊어지려 하고,
태양도 쉬고 싶어 하며,
하늘도 땅에 엎드리려 할 때
어둠 속으로 숨는 대신
삶을 매우 쳐라

고요의 노래 2

침묵이 오래 묵으면 소리가 된다
소리가 익으면 진동이 된다
진동이 미세하게 떨리다가,
마침내 노래가 된다

밤의 영혼

나뭇가지 사이로 축축한
밤의 혼이 스며드네
그림자처럼 조용하게, 혹은
안개 빛깔처럼 희미하게

밤의 혼이 흘린 눈물이
숲의 대지를 적시는 사이
나뭇잎은
또 어둠 속에서
몰라보게 푸르러지고
숨죽여 엎드렸던 검은 이끼는
조용히 어깨를 펴네
해를 품은 새벽이 도달하기 전에
슬며시 길 떠나는 소박한 영혼

외줄타기

희망 한 가닥이
절망 한 가닥과 어우러져
동아줄을 엮었다

운명 광대가
동아줄에 슬쩍 올라
외줄타기를 시작한다

하늘과 땅이 평온하고
삼라만상에 물이 올라 활기차다
희망의 기운이 뻗치고 떨쳐
만화방창萬化方暢할 때
한쪽으로 힘이 기우뚱,
깜짝 놀란 광대가
절망 쪽으로 몸을 기울여 중심을 잡는다
균형을 맞춘다

다시, 운명 광대의
외줄타기가 계속된다

기우뚱한 사랑

— 아날로그 시계를 추억하며

당신은 시침
나는 분침

이
황량한 삶의 벌판을
나는
달려가고
당신은
단,
한 걸음

生

生에선 등 푸른 생선의 비린내가 난다
生에선 대장간에 울리는 쇳소리가 들린다
生에선 여름 한낮의 쨍쨍한 햇빛이 보인다
生에선 늦가을 한강에서 반짝이는 물비늘이 빛난다

부재의 흔적

나는
이 세상에 온 적이 없다
살았던 적도 없다

나는, 매일 아침 떠오르는 해에게
눈인사를 건넨 적이 없다
나는, 길가의 작은 풀꽃을 보고
웃음을 보낸 적이 없다
나는, 흐르는 시냇물에
악수를 청한 적이 없다
나는, 땅 위에 흙을 밟고 걸은 적이
없다

나는
어디에도 없다

시시포스와 나

시시포스가 산꼭대기로 끌어 올린 바위는, 왜
다시 굴러떨어져 땅으로 내려오는가
시시포스는 산꼭대기로 애써 끌어올린 바위를, 왜
정상에 붙박아 묶어놓지 않고
바닥에 굴러떨어지게 놓아두는가
왜, 내일의 일거리를 만들어 놓고 대기하고 있는가
신화神話는, 왜
부조리를 부조리하게 놓아두는가

나는, 왜
길 위에 스펀지를 깔아놓고 그 위에서
쇠공을 굴리고 있을까
바닥에 대리석을 깔지 않고, 왜
스펀지를 깔았을까
또한, 왜
스펀지를 걷어버리지도 못할까
무거운 쇠공을 가벼운 풍선으로 바꾸지도 못한 채, 왜
미련을 떨고 있을까
신은, 왜

어리석은 내 두뇌를
현명하게 바꿔주지 않을까

춤추는 의자

우리집 거실엔
둥근 탁자에 작은 의자들이 있다
낮 동안
빈 거실에서 묵언수행하던 그들은, 밤이 되면
소등을 하고
가족이 모두 잠든 시각에 일어나
유리 구두를 신고서
반짝이는 춤을 춘다

자체발광
무한 에너지발전소

식구들의 기상에 맞추어
간밤에 충전한 에너지를, 신나게
발산하는 의자들의 유리구두
심장 가득히
에너지를 채운 가족들,
씩씩하게 일터로 향한다

다리에 지붕의 무게를 싣고
가족을 지탱해준 작은 의자들

나직이 부르는 사모곡

내가 어머니의 우주 속에서
생의 발걸음을 디딜 때부터
어머니의 가슴속엔
늘, 강물 흐르는 소리가 들렸다
샘솟는 옹달샘 사랑,
계곡을 적시는 개여울 손길
들판을 지나며, 온갖
곡식을 길러낸
놀라운 강물 같은 풍요가
어머니를 생기 넘치게 했다

내가 어머니만큼 키가 자랐을 때
바라본 어머니의 눈 속엔
별이 몇 개쯤 빛나고 있었다
나날이 새롭게
더욱 밝아지는 별들
별은 꽃이기도 하고
별은 나무도 되었다가
별은 강물로 맑게 씻기는 푸른 꿈이었다

어머니처럼, 내가
어머니가 된 지금
가을걷이가 끝난 어머니의 텃밭엔
때 이르게 무서리가 내려앉고
물기 마른 오동나무 이파리가
찬바람에 휩쓸리고 있다
가진 것 다 내주고
늦가을 낙엽처럼
턱없이 가벼워진 어머니

한 생명

— 신생아실 유리창 너머

무한한 어둠 속
우주 한가운데 있던
크고 밝은 빛이 뭉치고 뭉쳐서
이처럼 순수한 영혼이 되는가

꿈길 속을 날아서
맑은 눈빛으로 오는가
화사한 미소로 오는가
내 마음에
한 점 꽃잎으로 오는가

천사처럼 오시는가

희미한 자者들의 노래

가만,
어디서 무슨 소리가 들리지 않아?

한숨 같고
웅얼거림 같기도 하고, 작은
탄식 같기도 한
누렇게 시들고 메마른
늦가을 풀잎들이 바람에 부대끼는
나지막한 비명 같은

땅속을 잔잔하게 흔드는 깊숙한 소리

숨바꼭질

삶은 오래전부터
숨바꼭질을 했다
술래인 내가 찾을 수 없게
깊이 깊이
어딘가로 숨어들어
늘 나만 혼자 남아 쩔쩔매었다

삶은 언제나
위장술의 천재였다
본래의 얼굴에 가면을 쓰고
어둠 속에서 능청스런 웃음을 짓고는
술래인 나를 골려 먹으며
즐거워했다
나는 늘 속수무책이었다
나는 여러 차례 당황했고
매번 안타까웠다

아직도 찾지 못한
삶의 주소지

아직도 본 적 없는
삶의 본 얼굴

반가사유상

나는
나 자신은
나 자체는
나 그대로는
나의 본질은
참 나의 궁극은?

열매

왜
모든 열매는 동그란가

왜
모든 열매는 아름다운가

마침내
우리는 모두
모두의 열매인가
모든 이의 희망인가

시詩를 사랑하는 지팡이

감잎을 떨군 앙상한 가지들이
마지막 남은 힘으로, 몇 개
붉은 감을 힘껏 움켜쥐고 있는
늦가을 저녁 무렵

교보문고, 시집을 가득 품은 책 광주리 앞에
백발의 할아버지 한 분이
지팡이에 비스듬히 몸을 의지한 채
간신히 서 계셨다

"얼마 전 작고하신
김남조 시집 좀 찾아 줘,
내가 학생 때 참 좋아했거든"

우르르
주변의 젊은이 서넛이 부지런히 움직여
『심장이 아프다』

"한 권 더"

『가슴들아 쉬자』

시집 두 권을 받아 안고
아이 같은 표정으로 환하게 웃는
어르신 곁에서
지팡이도 빙그레 웃고 있었다
시의 향기를 닮은 웃음을

행복, 가득히

'행복'하고 소리 내면
마음 가득 꽃향기가 피어난다
'행'하고 읽으면
향으로 들리고
'복'하고 말할 때는
온 누리가 평온하다

3부

감은 눈을 한 번 더 감으면

긴팔원숭이처럼

긴팔원숭이가 긴 팔을 뻗어 내 팔을 길게 잡아당겨요
긴팔원숭이의 힘 센 긴 팔이 내 팔을 힘차게 잡아당겨
길게 늘여놓아요

긴팔원숭이가 긴 팔을 사용해 높은 곳의 열매를 마음
대로 따 먹듯이 나도 길어진 팔로 저 높은 꿈을 능히 붙
잡을 수 있을까요

여기저기 나뭇가지에 매달려 맛있는 열매를 따 먹은
후 몸집이 커지고 팔이 더 길어진 원숭이처럼, 오랜 세
월 삭아지는 동아줄에 매달려 온 나의 이두박근 삼두박
근에도 임금왕 자가 새겨질까요

한 손으로도 이 나무에서 저 나무로 가뿐히 건너뛰는
긴팔원숭이처럼, 나도 생의 마디마다 장애물을 훌쩍 뛰
어넘을 수 있을까요

나뭇잎에 가려진 야자열매를 기막히게 찾아내는 긴팔
원숭이처럼, 나도 삶의 이면에 감춰진 하늘의 섭리를 알
아낼 수 있을까요

들숨과 날숨

나는
태어나는 순간
들숨은 길게
날숨은 짧게
저절로 그랬던 것 같다
그래야 될 것 같았으리라, 선험적으로
지상의 삶에
산소가 부족할 것을 알았으리라, 느낌으로

내가
마지막 숨을 쉴 때는
들숨은 짧게
날숨은 길게
자연스레 그럴 것 같다
그래야 할 것 같을 것이다, 경험으로
지상에 남겨놓을 공기가 필요할 것을 생각하리라,
심정적으로

푸른 세례

적시자
흠뻑 적시자
뼛속까지 처절하게 적시자
푸른 바닷물에 석 달 열흘 담갔다가
손톱 발톱까지 파랗게 질리거든
장미 꽃잎으로 심장을 다독이자
뜨거워진 피가 온몸으로 돌고 돌아
손톱 발톱까지 빨갛게 물들이고
마침내
붉은 입술이 방언을 쏟아낼 때
청량해진 푸른 눈빛이
우주의 중심에 가 닿는다

속 깊은 미소

대한민국 국보 83호, 반가사유상
평온한 미소의 끝자락을 잡고
악착같이 매달린 번뇌의 얼굴이
벌겋게 상기되어 있다
떨어지지 않으려고 안간힘을 쓰면서
질기게, 아주 끈질기게

우주의 환한 빛과 지상의 모든 사랑이
서로 녹아들어
푸른 오로라를 만들고
부드럽게 타이르고,
어르고, 달래고, 쓰다듬어
성난 번뇌의 요동치는 눈빛을
시나브로,
시나브로
누그러트린다

손가락꽃, 웃다

락
락 가 락
가 손 가 락
락 손 뎃 손 가
가 게 운 지 손
손 집 가 약 끼
지 새
엄

가슴속 우물에 가득 고인
슬픔이
분노가
미움이
원망이
절망이
굵은 핏줄, 가는 핏줄을 타고 흐르면서
맑아지고 순해져서

기쁨으로

웃음으로
용서로
화해로
희망으로
손가락 꽃잎마다 향기롭게 피어
너의 꽃에 닿는다
환하게 웃는다

윤슬, 늦은 가을에

한강에 내려앉는 가을 햇살은
제 몸에 투명한 불을 지르고
푸른 물 위에 닿는 순간
온 몸이 눈부시게 폭발한다
거울처럼 맑은 물에 부딪치면서
반짝이는 빛의 조각들
춤추는 유리 조각들
늦가을에 펼쳐지는
찬란한 향연, 물 위에서

뜨거운 죽 먹기

생활의 뼈와 살을
오랜 시간
삶고, 끓이고, 푹 고아서
빼세던 굵은 뼈도 뭉그러지고
거친 껍데기도 녹아버린 국물에
희로애락을 모두 넣고 죽을 끓였다
이제는
삶의 모양새가 어땠는지
알 수 없을 정도로
한데 섞여버린 뜨거운 죽
일용할 음식이 되어버린 뜨거운 죽

감은 눈을 한 번 더 감으면

사람과 사물이 내뿜는 현란한 빛과 색채로
눈이 부시다
눈꺼풀을 내려 그늘을 만든다
어둠이 편안하다

더 깊은 어둠 속으로
더 깊이 들기 위해
한 번 더
눈을 감는다

깜깜한 어둠 속에서
초록색 부드러운 빛이 일렁인다
어둠이 낳은 오로라에서
에너지의 파장이 흘러나와
조용히 어둠의 뿌리를 적신다
어둠이 건강하게 자란다

사방으로 번지고 퍼져나가는
초록빛 오로라는

우주처럼 넓다
깊은 중심에 환한 빛을 품고 있는
오로라는
결코 멈추지 않는다
끝없이 확장되는 오로라는
영원의 눈동자를 닮아
오로라가 뿌리를 적시는 어둠은
영원에 닿아 있다

소망하지 않을 자유

꽃잎을 보며
꽃씨를 생각하지 않기
꽃씨를 보며
꽃송이 상상하지 않기
꽃송이 안에서
그리운 이 떠올리지 않기

얼어붙은 강 밑으로
흐르는 물 연상하지 않기
얼음 녹아 흐르는 계곡 물소리 따라
노래 부르지 않기
웅숭깊은 가을 강 낮은 노래에
어머니 자장가 그리워 않기

언 보리밭 이랑에 종다리 난다고
벌써 봄인 줄 착각 않기
늦봄 하늘에 종다리 노래 듣고
높은음자리표 그리지 않기
떼지어 날아가는 종다리 보며
어릴 적 소꿉친구 보고파 않기

풍선과 소녀

— 뱅크시 전

소녀를 놓친 풍선 위에 앉아 있던
황금덩이가 이리저리 뛰어다닌다
황금덩이는 무척 바쁘다
풍선 위에서 소녀에게로 쿵!
소녀에서 세절기로 쿵!
세절기는 거대한 조폐공사
다시
세절기에서 시장으로 풀쩍
시장에서 백화점으로 성큼
백화점에서 은행으로 저벅저벅, 은행에서
날아가는 풍선에 올라타고 허공으로
허공에서 낙하산을 펼치고 흔들흔들 내려와
자본주의 옥상에 착륙한다
사람들 머리 위로
세찬 바람을 몰고 온다
머리카락이 휘날린다
머리카락엔 세절된 그림 조각들이
찬란하게 걸려있다

유희遊戲하는 세상

언어유희가 유희하는 세상은
어지럽다
에구money,
요즘은 하늘이 돈豚day!

패러디가 넉살 좋게
우리들 밥상에서
웃기는 짬뽕에 밥 말아 먹고 있다
짬뽕 국물 속에는 simulacre*가 허우적거린다

요즘은
연애 100일도 천연기념물
기념 장미 100송이
새빨간 입술이 오히려 시니컬하다

우린 너무 오래 사귀었어
무거운 시간은 장애물이야
잘 나가고 싶다면
차버려! 버려!! 버려!!!

사람들의 공화국에선, 오늘도
걸쭉한 굿판이 실시간으로
펼쳐지고 있다
하느님 보시기에 참,
거시기하다

* 시늉, 흉내, 모의 등을 뜻하며 모조품, 가짜 물건을 가리키는 말.

스펀지 위에서 쇠공 굴리기

— 현대인의 난중일기

간~~신히
눈을 떴습니다
아직도
창밖은 어둠인데, 천근같이
무거운 나의 하루가 시작됩니다
잠이 덜 깬 탓에
출근하는 발길은
스펀지 위에서 쇠공을 굴리는 느낌입니다

Safe!!
회사에 아슬하게 진입한 내가
대~~견합니다

꼬르륵거리는 뱃속을 달래기 위해, 이른 점심 후
오후 업무 시작!!
'잠과의 전쟁'을 선포하지만
전쟁도 삼키는 잠이 더 무섭습니다
꿈속까지 쳐들어오는 생존경쟁,
치열한 목숨의 전쟁, 적자생존, 동물의 왕국

눈빛 사나운 호랑이가
그늘에서 졸고 있는 노루목을 덥썩!

깜짝 놀라 깨어보니
내 목에선 식은땀이 흐릅니다

티눈

발바닥에 가시가 박혔다
아팠다
그러려니 했다
가시 주변의 살들이 대들었다
원성이 자자했다
왜 모르는 척하는 거야
왜 고개를 돌리는 거야
왜 딴청을 부리는 거야
발바닥의 까칠한 반항아들이
가시 주변으로 원망의 화살을 쏘아 보냈다
화살들이 가시를 둘러싸고 저항했다
가시는 운명처럼 끈질겼다
화살의 시체들이 쌓이기 시작했다
시체의 무덤들이 포개지고 두꺼워지고
딱딱해졌다
무덤에 짓눌린 가시는 백기를 들었다
거대해진 무덤은 마침내
파헤쳐지고 철거되었다
발바닥엔 허무의 검은 구멍이 크게

뚫리고 말았다
아픔을 방치한 대가였다

꽹과리와 푸닥거리

굿에선 머리카락 타는 누린내가 풍긴다
굿에선 내일을 두드리는 꽹과리 소리가 들린다
굿에선 베일 듯한 작두날에 신경줄 튕겨 오르는 하얀 버선발이 보인다
굿에선 목숨 가진 인간의 통증이 느껴진다
굿에선 고름 주머니 터져 흥건한 아픈 심장이 보인다
굿에는 동굴 속 길을 훔치는 비루한 아부가 들어 있다
박수무당은 꽹과리 대신 박수를 쳐라
장구채를 내던지고 작두를 타라
작두날에 올라서면 길이 보일 거야
훤한 불빛처럼 붉은 실이 보일 거야
붉은 실을 훔쳐다가 터진 심장을 꿰매자

시간이 오래 묵으면

오늘 이 순간이
흐르지 않고 오래 묵으면
4차원의 세계가 만들어질까
잘 발효된 지금이
저 끝에 다다르면
어느 고요한
영원 속의 한순간에 도달하겠지

눈으로 볼 수 없고
손으로 만져지지 않고
피부로 느껴지지 않는
정지된 시간
무한히 텅 빈 시간
한 개의
점으로도 존재할 수 없는

절대, 공空

시간

시간도 흐르다 멈추면 터져버리겠지
낡은 수도관처럼

기어가는 시간
걸어가는 시간
뛰어가는 시간
날아가는 시간

기어가는 사람
걸어가는 사람
뛰어가는 사람
날아가는 사람
날다가, 떨어지는 사람

마침내, 종착지에선
멈춰서는 사람
터져버린 시간

사로잡힘을 건너다

바람에 사로잡히다
구름에 사로잡히다
햇살에 사로잡히다
풀잎에 사로잡히다

가끔은
번개에 사로잡히다
우박에 사로잡히다
눈보라에 사로잡히다
물난리에 사로잡히다

사로잡힘 속에서
구체적이고 명확한 슬픔을 느끼다
손에 만져지는 아픔을 느끼다
찌르는 듯, 실감나는
고통을 겪고서
마침내
사로잡힘을 건너가다

경계를 넘다

동전의 두께는
동전 앞면의 흐름이다
동전 뒷면의 스밈이다

임종의 순간은
삶의 번짐이다
죽음의 스밈이다

쉼표(,)는
마침표(.)가 아니다
말없음표(……)도 아니다

쉼은
숨을 삼키고,
이곳에서
말言이 없는 저곳으로
천천히 건너가는 것이다

순간, 영원에 닿다

— 폼페이 최후의 날의 독백

순간을 잡으려 애쓰지 마세요
삽시간에 사라지게 놓아두세요
우리가
세상에 태어나며 울음을 터트리던 순간
처음으로 엄마와 눈을 마주치던 순간
창문 앞 장미꽃을 보고 미소 짓던 순간
온 가족이 둘러앉아 저녁 먹던 순간
다정한 친구와
들판에서 뛰어놀던 순간들이, 모두
화산재에 덮여
자취도 없이 사라지네요
허공으로 사라진
형체도 없는 순간이
끝도 없는 영원에 닿아, 마침내
환한 빛이 되네요

고흐의 풀밭

이상하지 않은가요, 고흐는 갔는데
고흐가
정신병원 침대에서, 모로 누워
바라보던 풀밭은 아직도 남아 있어
해마다,
새로이, 기다랗게
녹색 풀을 기르고, 나비 몇 마리 날게 하고
또, 바람을 머물게 하고
유난히 키가 껑충한
어떤 풀꽃에는, 나비
한참 동안 기웃거리는 것이

아득하지 않은가요, 고흐는 갔는데
고흐가
정신병원 창문으로, 표정 없이
내다보던 풀밭에 아직도 남아 있는
고흐의 눈길이
길게 자란 풀잎에 마주치고
나비 날개 끝에 펄럭이고

바람 사이를 스치며 아련하고
저기, 날개 너무 무거워 지쳐 있는
흰 나비 어깨 위에
오래
머물러 있는 것이

4부

빛이 스미는 인디고블루

주거침입자

봄볕이 따듯한 날
텃밭 울타리 밑에, 호박이
여름 한철 지낼 만한
지하 주택을 마련해주기로 했다
겨우내 얼어있던 땅의
대문을 열기 위해, 덜커덕
호미날을 찔러 넣고
낙엽 덮인 흙을 벌러덩 뒤로 젖혔다
세상에나!!
하늘과 땅이 뒤집힌 그곳엔
벌레들의 대도시가 펼쳐져 있었다
지렁이, 개미알, 굼벵이, 여러 나방이 될
각종 애벌레들……
다가올 여름에 기대를 잔뜩 품고
열심히 수행 중인 생명들
미안하다!
내가 너희들 보금자리를
무단으로 침입했구나
내 땅에 둘러친 나무 울타리

내 소유라 생각했는데
아주 오래전부터, 너희들이
원주민이었구나

길

길은
어디에나 있고, 길은
어디에도 없다

오랫동안 걸어온 길을 뒤돌아본다
여럿이서, 혹은
혼자서도 걸었던 길
가뭄에는 흙먼지가 날리고
장마에는 물구덩이 패이던 길
눈이 쌓여 미끄러지고, 넘어지던 길
그래도,
힘껏 일어나 다시 걸어간 길
참
멀고도 험했던 길

어디에나 있지만, 어디에도
없던 길

빛이 스미는 인디고블루

깊고 푸른
바닷속엔
빛과 어둠의 이마가 맞닿아 있다
빛을 둥그렇게
감싸 안은 어둠이
서서히
빛으로 물들 때
빛과 어둠은, 마침내
하나가 된다

오묘하고
심오하고
아득한 심연엔
슬픔과 기쁨이 뒤섞여 있다
깊을수록
더
깊어질수록
환해지는 통증
고통의 정점에서 피어나는 꽃

발효, 삭아지는 것들

모든 사물은 발효된다
사물이 세월 따라 모습을 바꾸는 것은 재미있다
매일 입고 벗는 옷들이 표나지 않게 해지는 것
봄에 싹을 틔운 나뭇잎이 단풍으로 변했다가,
결국은 낙엽으로 떨어지는 것

사물 아닌 것들도 발효된다
눈에 보이지 않는
시간이나, 분위기, 감정 같은 것들도 조금씩 삭아서
늘어지거나 흐물거리거나 눅눅해지거나 꿉꿉해진다

사물이
시간과 공모해서
겉모습과 속 내용을 바꾸다가, 결국에는
'없음'으로 끝맺는 것도 흥미롭다

거울 속에 비친 내 모습은 나날이 변해간다
또한 거울을 스치며 지나가는 시간도
조금씩 낡아지고 삭아져서

언젠가는 거울 속에서 내 모습이 사라지고 말 것이다
그 과정을 지켜보는 것은
심장이 쫄깃하고 오금을 못 추게 만든다

어제까지 애틋했는데
오늘부터 무감동한 인간의 마음 작용에도
헛웃음이 나온다
발효한 사물과
사물 아닌, 발효한 것들이 모두 작당해서
나에게 한꺼번에 덤벼드니
세상은 더욱 다채롭고
궁금해진다

말랑한 퇴근길

늦게 퇴근하는 오늘은
말랑한 징조
빳빳했던 하루가 부드럽게 풀어진다
앞자리에 마주 앉은
중년 여인의
피곤한 얼굴이 안쓰럽게 느껴진다
그 옆
젊은 직장인
어떤 생각에 골똘한 표정이 친근하다
내 마음이 말랑말랑해진다
내 눈빛이
그렁그렁해진다

저들도 지금
이 현실을 살고 있다
자주 힘들어하고
가끔
성취하고
때로는 기뻐하면서

우리 모두
이 짧은 생을 열심히 운전 중이다
대부분의 날들은 액셀을
더러는
브레이크를

후회

후회는 항상
한발 늦게 온다

게으른 후회가 지각하지 않으려면
내가 한 걸음 먼저 마중해야지
부지런을 챙기고
샛별을 보면서 서둘러 출발한
내 발길은 지금
어디를 걷고 있을까

계획표대로,
정해진 곳에
늦지 않게 도착하려면
후회보다 먼저 가서 기다려야 해

후회를 후회하지 않기 위해서

벽

벽이 무너져내린다
오랜 시간 쌓아 올린 성벽이 허물어진다
세상을 뒤흔드는 천둥소리와 함께
하늘을 가리는 뿌연 먼지를 일으키며
폭포처럼 쏟아지는 벽돌 잔해들,
가슴을 찌르는 돌 조각들,
열정으로 다져놓은 삶의 흔적들,
소망으로 엮어놓은 시간의 발자국이
사방으로 흩어지며 비명을 지른다

파괴된 희망은 흉기가 된다

키높이구두와 하이힐

하이힐 여자와 키높이구두 남자가 나란히 걷고 있다
신발 덕분에 키가 훌쩍 커버린 두 사람, 시야가 넓어지고 코로 숨 쉬는 공기가 달라졌다
여자는 허리를 꼿꼿이 펴고 각선미를 뽐내며 당당하게 걷고 있다
남자의 어깨는 부끄러운 듯 안으로 굽어 있다
뒤꿈치를 활짝 개방한 하이힐은 떳떳한데, 뒤꿈치를 감춘 키높이구두는 남의 눈치를 살핀다
혹시 누군가 내 뒤꿈치를 훔쳐보는 건 아닐까

"자수하여 광명 찾자 ㅋㅋ"

불꽃놀이, 한강공원

별 무더기, 빛 무더기, 꽃 무더기
불꽃 불꽃 불꽃 불꽃 불꽃......
초저녁에 내리는 황홀한 별들의 벼락
감전된 하늘
쏟아지는 폭포수, 달려오는 별, 흩어지는 꽃잎
빨강 노랑 초록 파랑 보라, 환장한 주황
빛들의 잔치

춤추는 나뭇잎
울렁이는 강 물결
활짝
활짝
놀라 깨어나는 사물들
지상의 숨구멍이 모두 열리고
천지는 활어처럼 싱싱해진다

적멸궁 가는 길

시작은 종말을 잉태하고
사멸은 또 하나의 비움

한 걸음, 한 걸음
봄눈 녹아 흔적 보이지 않고
어제 불던 바람은 소리조차 남기지 않는다
사월 지나고
진달래꽃 떨어지는 곁에
검은 바윗돌 하나 무심히 앉아 있다

천지현황天地玄黃
아주 깊은 속잎은 무無라 했던가
원圓도 아니고,
점点도 아니며,
완벽한 소멸을 바라니
아무래도 블랙홀이다
그 검은 구렁 속으로 회오리치다

바라건대, 다시는

내가 나로 돌아오지 않기를

서산에 지는 해는
오늘
하루를 비워낸다

냉이꽃, 하얗게

초롱한 다이아몬드 조각들이
상큼한 봄 들판으로 소풍 나왔다
여럿이서 손잡고 야유회 왔다
봄바람이 간지러워 까르르 웃는
앳된 처녀들
냉이 줄기 위에 터 잡고
싱그럽게 웃고 있다

아직 덜 익은 이른 봄 햇살이
슬쩍 슬쩍 곁눈질하며 냉이꽃에 부딪쳐
반짝,
섬광으로 눈이 부시다
햇살의 관심이 싫지 않아
냉이꽃이 하얗게 웃는다
가느다란 줄기에서
잔잔한 떨림이 전해 온다

절반으로, 넘치는 행복

운명의 동굴 속에서
공기가 부족하여 숨이 가쁘고
햇볕이 들지 않아 체온이 낮아지고
어둠에 갇혀서 시력이 떨어지면
그런대로 적응하며 견디다가
내면의 에너지로 발전기를 돌리다가
팔다리에 힘을 주어 버티다가
있는 힘껏 살다가
끝내 지쳐 넘어졌을 때

왼눈이 슬프면 오른눈으로 웃자
왼손이 불행하면 오른손으로 행복하자
왼발이 어둡고 쓸쓸하면 오른발을 내밀어
햇볕을 쪼이고 바람을 쏘이자
절반의 행복으로, 마침내 환하게

돌덩이와 풍선

커다란 돌덩이가
무거워진 마음을 매달고, 자꾸만
바닷속으로 깊이 가라앉는다
마음은
끌려가지 않으려 발버둥 치지만
마음의 힘이 점점 약해지다가
마침내
지쳐버린다

돌덩이가 가라앉으면서
물방울이 생기고
파도에 올라탄 물방울은 부력이 점점 강해진다
뜨거운 햇빛을 자꾸자꾸 몸 안에 넣어
달구어진 물방울은
빵빵하게 부풀어 올라
거대한 풍선이 된다
찬란한 비상을 꿈꾸는 안데스의 콘도르가 된다

열정 가득한

날개가 장대한 콘도르는
힘차게 날아오르며
가라앉는 마음을 끌어 올린다
뜨거운 풍선의 용기가 돌덩이를 이겼다

시간의 큰 키

시간은 어떻게 키가 자랄까
잭의 콩나무처럼 하늘에 닿도록
길러 보려고,
영양 가득한 흙을 화분에 담고
식목일도 아닌 오늘
식목을 했지
시간은 그냥 둬도 자란다지만
멋지게 기르려면
묘수가 필요해
내면의 기쁨이 세포들을 폭발시켜
마법 같은 성장을 이루어야 해
마음 깊은 곳에서
정성을 불러와
시간의 두 눈에 집중시키고
심장 박동을 들어 본다
활기찬 행진곡
휘황한 조명
허브향 바람
엔도르핀

어떤 것이
네 심장을 상큼하게 하니

바보,
뻥튀기기 한 방이면 끝나는데

가생이*, 희망별곡

가생이가 우련한가요
가생이가 애처로운가요

먹물이 번지듯이
희미하고 어렴풋이 중심에 닿아 있어요

가운데서 솟구치는 활기가
서서히 식어가는
여기,
먼 끄트머리까지
가만가만 건너오는
희망 품은 사랑이
파장으로 전해지네요

추운 변두리서 오래 지냈지만
중심에서 끌어주는 따뜻한 밧줄의 위로가
여기서도 느껴져요

줄을 잡은 오른손에 힘이 가네요

나도
저기 환한 복판에서
활짝 웃게 될 거예요

* 가장자리의 방언

검은 성모와 금빛 예수

서소문 성지에 아름다운 피에타
슬픔과 비탄을 온전히 승화시킨
검은 성모가
피 흘리는 대신
금빛으로 반짝이는 예수를 안고 있다
금빛 조각마다 신성한 빛을 내며
어두운 공간에 사랑을 비추고
만 가지 근심을 다독여 준다

인간과 신의 경계를 넘어선
금빛 예수
빛이 된 예수를 바라보는
검은 마리아의 눈빛은
평온한 심연에 그윽이 닿아 있다

소나기와 떡갈나무

여름 하늘 갑자기 술 먹은 듯 울렁이고
검은 구름 삽시간에 천지를 휘감는다
개벽의 순간처럼
세상은 온통 카오스의 절정
바람의 농진 휘파람에
자지러지는 풀잎들
기어이 터지고 마는, 후두둑
떡갈나무 박수 소리
온몸으로
환호하는 잎새 푸른 나무들

시간 말리기

빨랫줄에 시간을 널어 말린다
크기가 똑같은 하루치의 시간들이
나란히 나란히 나란히 나란히 나란히
눅눅한 시간, 오래 묵어 곰팡이 슨 시간이
밝은 햇살 아래 쨍하고 마르길 기다린다
빨랫줄 위에서
시간이 소슬바람에 살랑살랑 나부낀다
며칠 전
카페에서 친구와 수다 떨던 시간은
금방 뽀송해진다
몇 년 전
엄마가 돌아가신 날
장맛비가 하루 종일 내리던 날
하늘과 땅 사이의 공간이 갑자기 붙어버린 듯
납작해진 공간에, 납작해진 내가
갇혀버린 듯
시간마저, 순간
멈춰버린 듯
주변의 모든 사물이 허공으로 증발하고

딱딱해진 몸뚱이만
덩그러니 남아
하얀 생각과 검은 숨만 오고 가던 날
아직도 마르지 못한 시간이
빨랫줄에, 우두커니
걸려있다

그리움

이곳에서
그곳으로

그
먼,
먼 다리
건너

그곳에서
이곳

오는 길

햇살도
바람도
얼어버린

해설

■ 해설

남아 있는 것의 윤리

방 승 호(문학평론가)

1.

막스 피카르트는『침묵의 세계』에서 자기 앞에 있는 대상에 응답하는 일이 인간의 본성이라고 말한다. 앞에 놓인 사물을 정의하고 그것의 이름을 부르는 일이 우리의 본성이라는 게 피카르트의 설명이다. 그래서 인간은 때로 자신에게 제공되는 지나치게 많은 사물로 인해 심한 압박을 받는다. 설령 그것이 아무런 의미가 없는 이미지에 불과한 것일지라도 인간은 그 복제물을 끊임없이 말할 수밖에 없는 숙명에 놓여 있다. 언어가 인간을 정의하는 중요한 기준이 되는 것도 이러한 이유에서다. 눈앞에 펼쳐지는 현상에 대해 말하는 일. 피카르트의 말처럼 이것은 인간에게 주어진, 피할 수 없는 본능이다.

박계숙이 이번 시집에서 말하는 것도 이러한 본능과 무관하지 않다. 시인은 인간이 존재하는 본질적 이유를 이야기하기 위해 가장 먼저 사물을 응시한다. 시인은 자신 앞에 있는 사물, 다시 말해 '시뮬라크르simulacre'로서 이미지를 포착하고 이로부터 삶의 본질을 하나씩 찾아 나선다. 이번 시집의 문을 여는 「너는」에서 화자가 "너는 꽃 속에 꽃/ 꽃 피기 전에 꽃/ 꽃이 오기 전에 꽃"이라며 꽃을 거듭 호명하는 대목은 이 여정의 첫걸음이나 다름없다. 시인의 시는 눈앞의 이미지를 직시하고 이를 호명하는 작업이지만, 시인은 대상의 이름을 부르는 것에 머물지 않고 대상에 잠재한 가치를 언어화하는 데 더 주력한다. 언어의 기표에 묶인 개념에서 벗어날 때 그 실질을 발견할 수 있음을 시인은 알고 있는 까닭이다. 꽃잎이 피기 전부터 존재했던 아름다움을 포착하는 일. 그것이 시인이 말하려는 삶의 본질 중 하나다.

삶은 오래전부터
숨바꼭질을 했다.
술래인 내가 찾을 수 없게
깊이 깊이
어딘가로 숨어들어
늘 나만 혼자 남아 쩔쩔매었다.

삶은 언제나
위장술의 천재였다
본래의 얼굴에 가면을 쓰고

어둠 속에서 능청스런 웃음을 짓고는
술래인 나를 골려 먹으며
즐거워했다.
나는 늘 속수무책이었다.
나는 여러 차례 당황했고
매번 안타까웠다.

―「숨바꼭질」 부분

시인이 말하는 삶은 화자가 술래가 되어 찾아다니지만 쉽게 잡을 수 없는 능청스러운 존재이다. 시인과 숨바꼭질하는 삶은 가면을 쓰고 있어 본래의 모습을 알 수 없는 존재로 형상화된다. 이러한 까닭으로 시인은 삶이 언제나 "위장술의 천재"였으며 그런 상황에서 자신은 늘 속수무책이었다고 고백한다. 시인의 언어는 삶과 숨바꼭질하는 자의 토로와도 같다. 그의 시가 삶의 의미("주소지")를 찾지 못하였으므로 계속해서 시를 쓸 수밖에 없는 자아의 고백으로 독자에게 전달되는 것도 이러한 까닭에서다. 그런데 당연하게도 우리가 주목해야 하는 부분은 숨바꼭질의 결과보다는 과정에 있다. 과연 시인은 어떠한 방식으로 자신이 찾으려 하는 삶의 본질에 다가서려는 것일까. 시인이 숨바꼭질 끝에 찾은 의미는 과연 무엇일까. 이번 시집을 읽을 때 우리에게 필요한 것은 이 두 가지 물음이다.

2.

삶을 말하기에 앞서 시인은 먼저 감각에 대해 말한다. 본래 감각은 여러 현상을 감지하는 것이기도 하지만 때로 인간의 지적 능력으로 포섭되는 기반이 된다는 점에서 유의미하다. 직관으로 포착되는 다양한 현상들은 선험적 도식과 통합되어 하나의 인식적 체계를 이루기 때문이다. 이는 칸트의 말을 빌려 말하자면 '상상력'이라는 개념으로 풀이되는, 감성과 지성을 매개하는 인식 역량의 토대가 된다. 시인이 존재 의미를 찾기 위해 반복적으로 이미지를 직관하는 것도 이러한 이유와 무관하지 않다. 박계숙이 존재의 가치를 찾기 위해 가장 먼저 하는 일은 복잡다기한 세계의 이미지를 포착하고 이를 언어화하는 일이다.

> 生에선 등 푸른 생선의 비린내가 난다
> 生에선 대장간에 울리는 쇳소리가 들린다
> 生에선 여름 한낮의 쨍쨍한 햇빛이 보인다
> 生에선 늦가을 한강에서 반짝이는 물비늘이 빛난다
>
> –「生」 전문

시인은 삶에서 느낄 수 있는 것들을 이야기한다. 시인이 말하는 것은 삶의 한가운데 있는 것보다는 삶의 가장자리에서 존재하는 것에 더 가깝다. 우리의 삶 중심에 있는 감각들이 아니라 시간의 변두리에서 작게 숨 쉬고 있는 것들을 시인은 기록하는 것이다. 이는 세계의 바깥에 있지 않지만 익숙해서 의도적으로 지각하지 않으면 인식하기 힘든 존재라는 점에서 유의미하다. 시인은 현대인의 시각에서 쉽게 지나쳤던 현상을 주목하고 그곳에 잠재한 생의 움직임을 감각의 층위로 다시 꺼내 보인다. 이러한 특징은 「生」에서 "등 푸른 생선의 비린내", "대장간에 울리는 쇳소리", "여름 한낮의 쨍쨍한 햇빛"과 같은 복합 감각으로 형상화된다.

시인은 가장 원초적인 현상이지만 가장 강렬하게 삶의 형식을 대변하는 감각을 주시하며 생의 의미를 찾아 나선다. 이러한 삶의 가치는 「밥상 앞에서」에서 "생로병사/ 희로애락/ 삶의 밥상에 놓인/ 각각의 반찬들"로 표현되기도 하고 「숯불」에서는 "형태를 잃을 때까지/ 열정의 발효를 기다려야 하"는 인고의 시간으로 비유되기도 한다. 중요한 것은 시인이 세계의 이미지를 언어화하며 존재론적 의미를 찾으려 하면 할수록 오히려 그의 앞에는 희미한 생의 감각만이 아른거린다는 점에 있다. "나뭇가지 사이로 축축한/ 밤의 혼이 스며드"(「밤의 영혼」)는 공허한 시간의 고요만이 시인에게 더 가까워지는 것이다.

> 소리 한점 없는 고요가,
> 고요가 느리게,
> 느리게 춤을 시작하자

어둠 속에 밀집한 공기가 흐느적,
흐느적 움직이고

―「고요의 노래 1」 부분

침묵이 오래 묵으면 소리가 된다
소리가 익으면 진동이 된다
진동이 미세하게 떨리다가,
마침내 노래가 된다

―「고요의 노래 2」 전문

생동하는 존재의 역동은 감각으로 느낄 수 있지만 고민하는 존재의 사유 여부는 일반적인 감각만으로 인식하기가 힘들다. 사유는 자극이 최소한으로 줄어든 상태, 다시 말해 고요에서 비로소 감지할 수 있기 때문이다. 미세해진 자극만이 역설적으로 고요 속 공기의 작은 떨림을 포착할 수 있는 법이다. 이렇듯 시인이 말하는 고요는 "어둠 속"에 공기가 "밀집"해 있어 작은 파동만으로도 살아 있음을 느낄 수 있는 곳이면서 이러한 떨림이 움직임이 되어 다시 시적 언어로 치환되는 공간을 의미한다. 그러므로 시인이 고요를 찾아 나서는 이유는 단지 그곳이 여러 감각으로부터 멀어질 수 있기 때문이 아니다. 고요 속에는 작은 파동까지 감지 가능한 침묵의 세계가 존재하므로 시인은 고요에 계속 다가선다.

따라서 "침묵이 오래 묵으면 소리가 되"고 "소리가 익으면 진동이 된다"라는 시인의 말은 거짓이 아니다. 고요는 우리를 모든 감각에서 멀어지게 하면서도 미세한 감각을 포착할 수 있는 여건을 조성해 준다. 생의 미세한 떨림은 질서의 변두리에서 발견할 수 있지만, 한편으로는 자신의 심연에서도 포착할 수 있기도 하다. 박계숙의 언어가 상징계의 주변과 존재의 내면을 오가며 삶의 의미를 탐구하는 이유도 이러한 맥락과 무관하지 않다. 시인은 자아의 바깥과 내면을 오가며 은폐된 존재를 호명하는 방식으로, 그렇게 자신에게 주어진 언어를 소진하며 조금씩 침묵에 다가서고자 한다. 피카르트는 침묵할 수 없다면 인간은 더 쉽게 부식될 수 있다고 말한다. 그는 침묵이야말로 인간이 자신을 과거로부터 해방시킬 수 있는 힘이라고 말하며 침묵의 중요성을 거듭해서 강조한다. 이러한 피카르트의 언급은 언어를 다루는 존재로서 인간의 본질에 대한 실마리를 제공한다. 피카르트는 말을 할 수 있다고 해서 인간의 본질적 가치가 구현되는 것이 아님을, 오히려 언어의 욕심에서 벗어날 때 인간의 실질을 발휘할 수 있음을 역설하는 셈이다. 이러한 점에서 박계숙의 시 쓰기는 세계를 균일한 시선으로 바라보려는 서정의 일차적인 목적과는 거리가 멀다. 오히려 시인은 주체의 시선으로 세계를 정의하기 위함이 아니라 아무것도 정의할 수 없는 침묵 속으로 몰입하기 위해 자신에게 부여된 언어를 조금씩 소진해 나간다.

3.

가만,
어디서 무슨 소리가 들리지 않아?

한숨 같고
웅얼거림 같기도 하고, 작은
탄식 같기도 한
누렇게 시들고 메마른
늦가을 풀잎들이 바람에 부대끼는
나지막한 비명 같은

땅속을 잔잔하게 흔드는 깊숙한 소리

–「희미한 자者들의 노래」 전문

그런데 시인이 침묵을 향할수록 그에게는 '희미한 자들의 노래'가 들려온다. 빛이 닿을 수 없는 곳에 존재하는 은폐된 타자의 목소리가 조금씩 가까워진다. "한숨 같고/ 웅얼거림 같기도 하고, 작은/ 탄식 같기도 한" 소리처럼, 하나의 개념으로 정의할 수 없는 소리가 귓가를 맴돈다. 상징계의 언어로 온전히 이해할 수 없는 은폐된 존재의 목소리가 고요를 지배하는 셈이다. 이러한 점에서 침묵은 심장의 파동이 솟구치는 격렬한 파토스의 내면이 아닌, "늦가을 풀잎들이 바람에 부대끼는/ 나지막한 비명 같은" 소리만이 전해지는 희미한 존재의 공간이 된다.

중요한 것은 시인의 언어가 희미한 존재를 향해 갈수록 그의 언어 역시, 시니피에의 무거움을 벗어던지고 시니피앙 그대로의 흐릿한 형상만으로 부유하고 있다는 점이다. 주지하다시피 언어는 주어진 시니피에에서 탈피하고 자유를 줄 때 새로운 생명을 얻을 수 있다. 자유를 얻은 시니피앙은 자신에게 부여된 숙명에서 벗어나 질서에 균열을 내고 의미의 열림을 일으키게 된다. 박계숙 시의 차별성은 여기에 있다. 박계숙은 가장 희미해진 감각의 세계로 침잠하는 방식으로 자신에게 주어진 언어에 자유를 주고자 한다. "바람에 사로잡히다/ 구름에 사로잡히다/ 햇살에 사로잡히다/ 풀잎에 사로잡히다 // (중략) 마침내/ 사로잡힘을 건너가다"(「사로잡힘을 건너다」)라는 시구에서 드러나듯이, 시인의 언어는 시간의 흐름과 함께 조금씩 이미지와 개념의 얽매임에서 벗어나 주어진 의미를 탈피하고 질서에 균열을 일으킨다. 그렇게 시간의 흐름과 함께 새로운 공간이 열린다.

눈으로 볼 수 없고
손으로 만져지지 않고
피부로 느껴지지 않는
정지된 시간
무한히 텅 빈 시간
한 개의
점으로도 존재할 수 없는

절대, 공空

–「시간이 오래 묵으면」 부분

위 시는 절대 '공空'으로써 "무한히 텅 빈 시간"에 대해 말한다. 화자는 공간과 시간이 서로를 직면하는 순간 펼쳐지는 절대적인 차원을 이야기한다. 그곳은 바깥의 감각으로 포착할 수 없는, 의미의 무게를 벗어낸 텅 빈 언어 자체를 지시하는 것으로, "한 개의/ 점으로도 존재할 수 없는" 미지의 차원을 가리킨다. 만약 "가만,/ 어디서 무슨 소리가 들리지 않아?"라는 앞선 화자의 발언이 침묵이 들려옴을 의미한다면, 화자에게 들리는 그 소리는 내면의 소리이면서 침묵 속에 공명하는 텅 빈 시간의 울림이기도 할 것이다. 그러므로 시인의 발화는 자신에게 말하는 내면의 목소리가 되고 시인이 기록한 언어는 생의 본질을 찾기 위한 시인의 고요한 절규가 된다. 시인의 절규는 고요 속의 외침의 형식으로 구현되지만, 기어코 그 외침은 존재를 포획하고 있는 상징계에 균열을 낸다.

스피노자는 어떠한 덕도 자기보존보다 우선적인 것일 수는 없다고 말한다. 스피노자는 자신을 보존하려는 윤리 준칙을 강조하며 근대적 윤리 준칙을 지닌 주체의 중요성을 역설한다. 박계숙은 윤리적 주체가 되기 위해 끊임없이 스스로를 탐구한다. 그의 탐구는 바깥에 있는 이미지에서 시작되어 자기 내면으로 침잠하는 방향성을 지닌다. 그리고 그 내면의 고요와 침묵으로부터 다시 생의 감각과 역동을 바깥으로 발산시킨다. 이러한 수렴과 확산의 역동이 시인의 언어가 가진 힘이라고 말하면 어떨까. 마치 태어나는 순간부터 부여된 들숨과 날숨의 원리처럼 말이다.

나는
태어나는 순간
들숨은 길게
날숨은 짧게
저절로 그랬던 것 같다
그래야 될 것 같았으리라, 선험적으로
지상의 삶에
산소가 부족할 것을 알았으리라, 느낌으로

내가
마지막 숨을 쉴 때는
들숨은 짧게
날숨은 길게
자연스레 그럴 것 같다
그래야 할 것 같을 것이다, 경험으로
지상에 남겨놓을 공기가 필요할 것을 생각하리라,
심정적으로

–「들숨과 날숨」 전문

태어나는 순간을 기억하는 사람은 없다. 급격한 상승과 변환으로서 카이로스 시간을 맞이하는 것은 어렵다. 단지 일종의 충격을 동반하여 파편화된다는 느낌만 있을 뿐, 순간을 온전하게 기억하는 것은 쉬운 일이 아니다. 단지 우리는 가늠할 뿐이다. "느낌으로" 마치 태어나는 순간 "들숨은 길게/ 날숨은 짧게/ 저절로 그랬던 것 같다"라고 추측하는 것처럼 말이다. 중요한 것은 이러한 회억 이후 이어지는 화자의 고백에 있다. 화자는 자신이 마지막 숨을 쉴 때 "들숨은 짧게/ 날숨은 길게/ 자연스레 그럴 것 같다"라고 고백한다. 이것은 화자가 경험으로 느낀 것과 윤리적 차원의 파토스가 결합한 결과라는 점에서 주목된다. 인식과 감정이 동시에 작동하는 것이 칸트가 말한 윤리적 상상력이라면, 시인은 타자를 위해 자신의 일부를 내어주는 윤리적 주체로서 다짐을 고백하고 있는 것과 다름없다.

그러므로 "당신은 시침/ 나는 분침"(「기우뚱한 사랑」)이라는 말은 타자의 작은 걸음을 위해 자신에게 주어진 시간을 더 내어주겠다는 의지로 다시 읽힌다. 시인이 침묵과 고요 속으로 침잠하려는 것도 결국 자기 삶의 의미를 찾기 위함이 아닌 희미해지는 타자의 존재를 다시 밝히기 위함으로 새롭게 다가온다. "기어가는 시간/ 걸어가는 시간/ 뛰어가는 시간/ 날아가는 시간"(「시간」) 사이에서 솟구치는 것이 카이로스 움직임이라면, 그 순간의 시학에 균열을 낼 수 있는 것은 침묵으로부터 다시 바깥을 향해 역동하는 타자 윤리에서 기인한다. 이러한 방식으로 박계숙의 언어는 다시 바깥을 향한 움직임을 보인다. "어디에나 있고", 또 "어디에도 없"(「길」)던 길이, 당신과 나 사이에 놓인다.

4.

이곳에서
그곳으로

그
먼,
먼 다리
건너

그곳에서
이곳

오는 길

햇살도
바람도
얼어버린

–「그리움」 전문

"왜 모든 열매는 동그란가"(「열매」)라는 의문을 가지는 일에서 시작된 시인의 여정. 그 길의 끝에는 당신과 내가 있고, 그 사이를 오가는 언어가 있다. 규정할 수 없는 존재 사이에서 새롭게 피어나는 시인의 언어는, 개념의 얽매임에서 벗어나 새로운 차원을 향해 다시 생의 박동을 일으킨다. 이 움직임은 관념적인 것을 탐구하는 일에서 벗어나 더 작지만 소중한 흔적들을 향한다는 점에서 유의미하다. 시인의 언어가 지금까지 삶과 죽음, 과거와 현재, 그곳과 이곳을 연결하는 변증의 시학이었다면, 앞으로는 그 변증의 사이에서 피어나는 타자의 타자성을 기억하기 위한 목적으로 시인의 언어는 다시 쓰인다.

우리는 온전하게 삶의 의미를 찾을 수 없고 그것의 가치를 판단할 수 없다. 시인의 끝없는 물음에도 우리는 영원히 본질에 가닿을 수 없을 것이다. 그러나 시인의 언어는 남는다. 그 부유하는 기표만이 남는다. 기표가 남는다는 것은 관념의 의미를 찾지 못했음을 의미하는 것이기도 하지만, 그 기표가 다시 누군가의 내면에 가닿을 수 있다는 가능성을 암시하기도 한다. 물론 그렇게 될 것이라고 장담할 수는 없지만, 그 정의 불가능한 잠재적 차원의 힘이 다시 우리가 말할 수 있는 역설적 기제가 된다. 이렇듯 의미는 그 의미의 틀에서 벗어나는 이행의 순간에 다시 생명력을 얻는다. 이러한 변증과 역설의 역학만이 삶의 의미를 조금이라도 가늠할 수 있게 한다.

시인이 지금껏 행해온 걸음을 우리는 잘 알지 못한다. 그러나 시인이 시를 쓰며 소진한 언어에 대해서는 (시집을 읽은 독자라면) 알고 있다. 언어를 다루는 자에게 말을 한다는 것은 조금씩 자기 삶을 소진하는 것과 다름없다. 시인이 소진한 삶의 무게를 가늠하자는 말이 아니다. 그저 그가 소진한 언어만큼, 어느 한 곳에서는 무엇인가 새롭게 태어나는 순간이 도래할 것이라는 기대를 말할 뿐이다. 시의 제목처럼 이 윤리는 어떠한 그리움에서 다시 시작되는 것일지도 모른다. 다만 분명해지는 것은 그 예감뿐이다. 하나의 그리움이 다시 싹을 틔우면 당신과 나를 둘러싼 침묵 너머로 시인의 목소리가 들릴 것이라는, 그 예감만이 남을 뿐이다.